歌集

神鏡

歩道叢書

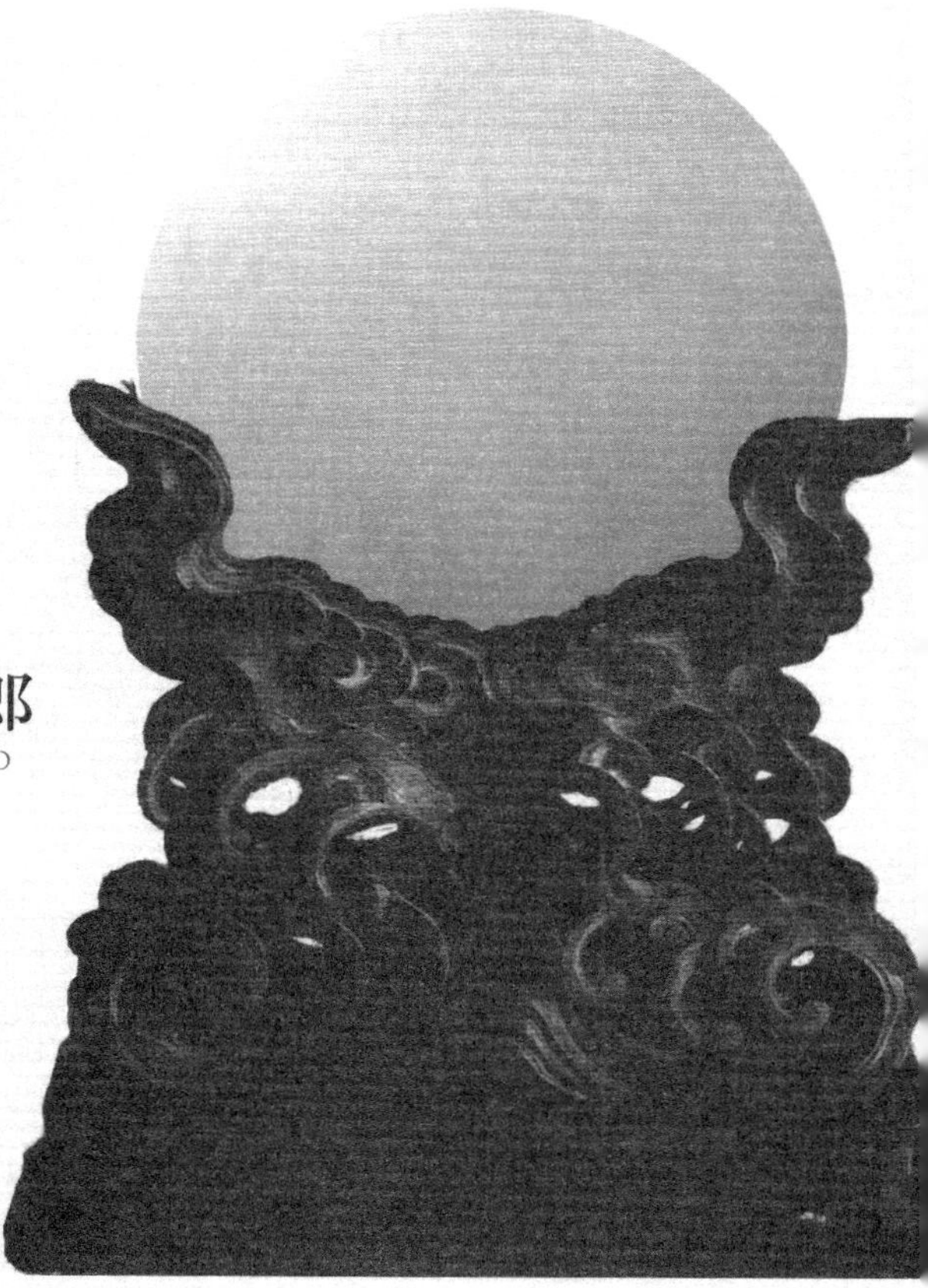

猿田彦太郎
SARUTA HIKOTARO

時潮社

神鏡＊目次

平成二十二年

平成二十三年

神鏡

平成十九年

地震

立春を過ぎて大雪降りしかば客まばらなる店にわが立つ

雪荒く吹きてをりしが夜半にして遠海鳴りの重くきこゆる

偶然と言へばいふべし茂吉の地震の歌を読みゐて今し地震たつ

年の瀬のならひとなりて神鏡を磨けばみづからの心清まる

海南島

機の窓に黄山山脈の連綿と見えつつ大陸の天涯をゆく

幾十年待ちにし旅か海南島足裏の熱きを踏みつつ歩く

朝の日は山より明けて延々と椰子の林がわが窓に見ゆ

正月の海南島はいづこにも浜木綿の花が咲き満ちてをり

黎族《りーぞく》の集落なべて土壁の塗られ表面に切藁の見ゆ

島人の教育に尽しし蘇東坡と聞きつつ旱の田園をゆく

われのゆく道の果ては澄邁か蘇東坡偲び先生偲ぶ

蘇東坡の名付けし寺の六榕寺その由縁にてわれの尊ぶ

鹿回頭《ろつくわいとう》のこの丘に咲く花火華《はなびばな》火花のごとく黄に輝りてをり

旅人となりてのどけし南海の渚に立ちて夕日を送る

ことごとく日に乾きたる田の面の白げる株を水牛の喰ふ

四季とはず米を作れるこの地には早稲田隣りて青田のつづく

わが足の皮膚をつつきて餌とするドクターフイッシュプールに飼はる

海浜のいずこにも実るアダンの果黄に熟れながら重々垂るる

露店にてランブータンを買ひて来て固き皮剝ぎ飽かずわが食む

広浦

大寒の涸沼《ひぬま》の夕べかすかなる風ありながら冷ゆるともなし

満々と水を湛へてゐながらに涸沼とぞ言ふ広浦ここは

沼なかに竿四囲に立て何捕らんその竹夕べ日に光る見ゆ

水面の長閑《のどか》なりしが風道のいくつか見えて夕ふけてくる

塙千里

わが車にひと日乗りしを喜びて終の歌とぞ言ひて書きゐき

おほよそに歌にかかはり今に来し人病む門に藪椿落つ

検査後のなりゆきにして歌碑の件任すとぞ言ふひとり呼ばれて

病む友の見たしと言ひて来し峡田凍蒟蒻《しみこんにやく》の畔に干反れり

凍蒟蒻乾す田の畔に足弱く立つ塙氏を危ぶみて見つ

身の周りの物の整理に時欲しと言へる無念をただにわが聞く

四百年の霧島つつじを護り来て花の盛るに君は身罷る

苦しみを解かれし塙氏祭壇の遺影はつねの声聞くごとし

農業に携はり来し君の手の甲の厚きを今にして知る

暖冬にありてか公孫樹の葉の散らず塙氏の庭にゆくりなく立つ

一年の過ぐるに迅し亡き君の屋敷の木々に鶫啼ける

放し飼ひにして育てゐし烏骨鶏君亡きあとは鶏舎に飼はる

君亡くして四百回目の歌会もつ広き屋敷の掃除を終へて

寂しさの言ふべくもなく塙氏の逝きたる部屋に歌会始まる

歌碑除幕

くもりつつ日の高ければ蒸し暑くいよよ歌碑前にともがら集ふ

師の歌碑の除幕となれる刻の来つはからずわれも綱を引きたり

濡石と四十年前に詠まれたる歌碑成る傍へに師を偲びをり

竣工のなりてひと月師の歌碑は昨夜の雨に冷えてしづまる

師の歌碑の近くし松の枝にゐる尉鶲《じょうびたき》はつか啼きつつゐたり

冬ながら寒しともなく晴嵐の山の師の歌碑に日の強く照る

晴嵐の丘にきこゆるは潮鳴りか師の歌碑のべに枯松葉散る

中山道

馬籠坂の道の片辺の側溝を激ち流るる水音すがし

石畳の道ゆくときに無花果のひと木の青葉香にたち親し

古りし代に栄えし馬籠うねうねと狭き石畳の勾配つづく

江戸の代の面影今にとどめゐる馬籠の坂にて蔦の籠売る

男滝女滝と言ふ深谿に下り来て一挙に飛沫を浴ぶる

だしぬけに雷高鳴りて妻籠宿たちまちにして雨強く降る

摺古木《すりこぎ》山の峯に立つ雲光りをり見つつしゆけば心弾める

信濃ゆく道の辺白膠木《ぬるで》の白き花枝の垂《た》れゐてそこかしこ咲く

古りし代の家並つづく奈良井宿そぼふる雨に体の冷ゆる

平沢のここにも及ぶ藩税に店の戸間口狭くし構ふ

奈良井川の岩ばしる水秋の日の曇りに冷えて遠くひびかず

洗馬《せば》宿に五百年経し大槻の根の間通りて水の流るる

上諏訪の大社の庭の御柱《おんばしら》立てて三月ぞあらく匂へる

桝形《ますかた》の城跡の高きに見渡せる千曲川の水音なく流る

二千メートルの山の宿より眼下に見ゆる小諸の街の灯こほし

高峰山の道端うづめて四照花朝日に照りて白々と咲く

晴れし日の夜の噴火に火の粉見ゆわが目交の浅間の山は

店庭

彼岸終へふたたび木槿しろたへの花あふれ咲くわが店庭に

枇杷の木の実を店中に見守りしが一日にして鴉喰ひ尽くす

シルクロード

天山をおほふ雪はや夕光の射して遠くに静まり見ゆる

烏魯木斉《ウルムチ》の戈壁《ゴビ》の曠野に石油汲む機械のいくつ音なく光る

荒涼の大地砂漠の交河ゆゑ城水涸れ果てて土赤あかし

朝の八時未だに暗き烏魯木斉の空の三日月光するどし

烏魯木斉の街の路傍にナンを焼く青年をりてためらはず買ふ

千五百年以前の都の廃れしなかわが乗り終へし驢馬の休める

吐魯番《トルハン》へゆく道すがら塩水湖の岸はしほ干に白くかがやく

海抜は海より低しそこここに塩の乾びて真白にぞ照る

吐魯番のアスター古墳洞穴に夫婦のミイラおづおづと見つ

吐魯番の砂漠のなかに風力の発電機の羽根二千基が立つ

敦煌を遠く離れて戈壁に立つ朝の蜃気楼錆色に見ゆ

千仏洞の仏の顔の削ぎてあり宗教対立と言ふが悲しき

物の香のなき戈壁砂漠秋の日のあまねく照りて陰ひとつなし

日の沈みかけゐる砂の嶺の陰見えて冷えくる麓にをれば

天涯につづくか戈壁の砂の原起伏ひとつなき玉門関のみち

限りなく広き砂漠のつづくなか漢の長城崩えて残れる

砂山の高きが囲む月牙泉三千年の水を湛ふる

生ふ草のなき鳴沙山にゐる駱駝けふのわれらをひたすら運ぶ

莫高窟《ばっかうくつ》の中に置かるる石仏のひとつにわれは無垢となり立つ

西　安

西安の街なか駱駝の隊列が物怖ぢもせずわが前過る

シルクロードの出発点と言ふ安寧門朝ふる雨に冷えてわが立つ

うちつけに兵馬俑坑に六千の軍隊の埴輪香のなく並ぶ

しとど降る雨に濡れつつ大雁塔の立つ処まで心急きゆく

戈壁砂漠の砂の嵐をかうむりて黄土色の大雁塔西安に立つ

青竜寺の長き回廊に空海を称ふる黒き磐石並ぶ

平成二十年

あたらしき年

米ドルの安値にあふられ全世界の失業者らのうごめききこゆ

道沿ひの冬芝に土竜の跡あれば妻は菓子などたびたび置けり

あたらしき年を迎へてわが庭にうひうひしくも翁草咲く

歌碑の立つ晴嵐の地にけふ来ればはや松の芽の白くこぞれる

あたたかき春の日差しはくまぐまにありて師の歌碑真白にぞ立つ

銷川

信濃への列車に見ゆる桐の花そぼ降る雨に色やはらかし

銷川の水音ひびく公園に師の歌碑の立つ大らかにして

寺のそがひ杉山一山のなだりには石楠花の花色増して咲く

サイパン・マリアナ

マリアナの海溝までの珊瑚礁平坦にして細波光る

わが乗れる船の舳《へ》先《さき》をかすめつつ白鯵刺が光り飛ぶ見ゆ

十二階のわがゐる窓のベランダに琉球鶫《つぐみ》しきりに啼ける

弾頭の欠けし魚雷のいくつもが墓碑の隣りに置かれ静もる

マリアナの海の天空の星座群遮るものなく光するどし

珊瑚礁の無数の化石あらはにて海底隆起をまざまざと見つ

自決せし人ら偲びて崖縁にわが立ち見れば怒涛の止まず

いたましき思ひにて来しサイパンの万歳クリフの墓に詣づる

バルデナの崖端に立つ十四の墓にそれぞれ酒を手向ける

マリアナの攻防戦にて戦死者の墓は平たく芝生に並ぶ

淡紅に咲く蔓の花おびただしテニアンに逝きし人らも見しか

米軍の侵寇《しんこう》塞ぐトーチカは海の岩場に荒れて残れる

マニヤガハ砂のみの島ここにまで米軍攻め来て高射砲残る

珊瑚礁の海に針魚の群れながら擬態となりて紛れの早し

セスナ機に乗りて思へば零戦の音ともきこゆ猛々として

茂吉記念館

斎藤茂吉記念館のめぐりの繁みにて雉子の啼く声甲高く聞く

金瓶の茂吉の墓に詣で来つあたかも翁草の花の咲きゐつ

金谷堂祭礼に立てし幟棹風にて音の軋むがひびく

記念館を出でて真向蔵王嶺冠雪かがやき遠からず見ゆ

店

五十年菓子を作りてゐながらに夢にまで負ふ苦しむところ

税務署がわが店に来て二日間調べつくししが咎めず帰る

この夜の外に鳴れるは虎落笛はた児の泣く声か耳を澄ませる

里山に置き去られたる鶏が旱天の日の道端にゐき

佐渡島

低気圧のいくつも起きゐるさなかにて雲間を通し海に日の照る

佐渡へ発つわが乗る船の銅鑼の音朝の祈りのごときこゆる

船上に見放くる佐渡の鷲崎か師の歌碑見んと心急きをり

鷲崎の鶯山荘なるこの庭に先生の歌碑おほどかに立つ

鷲崎の台地の歌碑に父母をこほしむ秋葉氏の歌の刻まる

鶯山荘の庭にひととき憩ひゐて高き群山に朝雷のたつ

雷雲の暗く下がれる海の果て光るは雲か海のおもてか

真野山の杉森ふかく茂るなか敷かるる小石踏みてわが入る

夕つ日の加茂湖に並ぶ牡蛎の簀その影黒く静まり更ける

金北山に夕日めぐりて山影が加茂湖にふかく届きて見ゆる

加茂湖畔の舟虫素早く逃げまどふわが足音に敏感にして

鳥海山・月山

明日ゆかん鳥海山はこの夕べうすずみ色に暮れて静けし

根本寺参道の杉ふかくして晩夏の蟬がしきりに鳴ける

妙宣寺の山門の屋根萱厚く葺かれて雨後重おもと見ゆ

月山の山の傾りに白花の梅鉢草が密にして咲く

逝きし子を伴ひゆきし飛島の見えてかの日の甦りくる

鳥海山の噴火の溶岩吹浦の海にとどきてその岩黒し

吹浦に宿りて風呂の塩水はいくばく荒布のかほりたのしむ

だしぬけに松よりたちし夜鴉は幾千なりが啼きつつ渡る

夜を通し烏賊釣り船は吹浦を離れて小さき光に見ゆる

蔵王嶺・吾妻山

噴火岩の白じろ乾く砂礫なか御蓼《おんたで》の花群れて咲きゐる

蔵王嶺の茂吉の歌碑を見に来しが妻の足取り捗り難し

歌碑前に今登り来て四十年前にまみえしを思ひつつをり

大きなる噴石礎石に茂吉の碑仰ぎてをれば夏風に冷ゆ

吾妻山の桶沼ここに丸き碑の茂吉の歌を繰り返し読む

赤がねの山を狭霧の立ちのぼり天にとどけばその霧は消ゆ

まれまれにわが宿とればはからずも茂吉泊りしとふこの吾妻屋に

吾妻屋に茂吉の浴みし硫黄泉われ幾度もかたじけなく浸る

イタリア行

ハバロフスク上空夕日の照りながら厚き雲にて大陸見えず

機の窓に夕日をふたたび見るなどし夜のミラノの空港に着く

夜の明けの遅きミラノの宿にゐて今し真赤き日の昇り出づ

ミラノゆく郊外の土赤きなか収穫をへし葡萄畑つづく

サン・ロレッツオの朝の街靄ふかきなか円き大堂静かに見ゆる

アフリカの大陸より吹く白砂にミラノの街は一日けぶる

アルプスの山より風の冷えて吹くミラノの夜は身に凍み痛し

サンタルチア駅前広場の日の暮れに妻連れ立つは旅の安けさ

ヴエネツイアの街の通路に潮満ちて架け渡す板怖づ怖づ歩く

サンマルコ運河を朝の船にゆく海抜のなき家並見つつ

サンマルコ寺院の前の石畳海水満ちて足濡れて立つ

地下牢獄の中に罪人入らしめて水攻めせしとふ高潮ごとに

夕暮にわが乗る列車近々にローマ城砦崩るるが見ゆ

断崖に立てばナポリの湾の果ソレント半島おぼろに見ゆる

サンタルチアの海に突き出づる城塞をこの高台に寒く見て立つ

噴火にて灰に失せたるポンペイの古代遺跡を汗して廻る

ポンペイの遺跡の街の道筋に真鍮《しんちゆう》の蛇口今にし残る

広大な遺跡の中のパン屋跡大き碾臼にわが店おもふ

紀元前四百年の栄華なるポンペイ古代の生活しのぶ

サン・ピエトロ広場の空の夕ぐれに椋鳥の群の旋回せはし

コロッセオの目前にしてしとど降る雹にわが身のおきどころなし

冬の雷鳴りつつ雹の降り頻るローマの街樹しきりにさやぐ

カタコンベの地下の墓地なる石の階区切り重ねて屍置きしとぞ

トレヴイの泉の池に妻と来つ記念にそれぞれ投銭入れる

マロニエの並木のデヴエル川沿ひを風に冷えつつそぞろに歩く

海野宿

つゆ晴れて暑き日の差す海野宿《うんのじゅく》道たひらにて反照まぶし

海野宿のみち真中に掘割のありて川藻のさえざえ靡く

伝馬《てんま》屋敷六十軒のありしとぞ海野宿場を今日来て歩む

海野宿のほとりに広き千曲川水の流れは日の光充つ

全国菓子博覧会

創作菓子の博覧会にはうばうの人ら見に来てひどく混み合ふ

菓子なるを人らいかにか志向持つ四十万の観客集ふ

いずこより眺めてもよし姫路城好古園にて夕べとなりぬ

雨もやふ春田の中の夢前川《ゆめさきがわ》音なく水の流れて暮るる

黒部ダム・上高地

洞出でて目の辺り見ゆる赤沢岳襞いくところ残雪ひかる

黒部ダムの放水甚だ強くして壁面内に水煙こもる

ダム湖より放水し吹く深谷の音のこだまは天にもひびく

梓川の川幅面を濁流となりて流るる川霧立ちて

大正池に三十年経て来て見ればあはれ形態のひどく変れる

平成二十一年

生業

わが菓子の生業にして消費税増額聞けばしのびがたしも

一月のはじめとなりて桜餅ケースに揃へば色どりの良し

夜を通し階下に節句菓子作る子をればわれは寝耳を立つる

ふる里の火伏の神に行くさなか今年初めての風花のふる

火の神の社の森のなだりには著莪の伏し葉が青くし光る

古徳沼

くもりつつ広く明れる古徳沼水辺の山の倒影ふかし

古徳沼に大白鳥を見て立てば亡き友のこと偲びてやまず

白鳥の如何に傷めし両の羽根立たせしままに風受けてをり

震災に乾上がりゐたる吉野溜水を湛へて白鳥のをり

古徳沼の大白鳥の啼く声が遠き杉よりこだまし反る

金砂祭礼

千年の宮の杉森に雨霧の吹き上げゐしが音ともなはず

金砂山の高き宮居を覆ふ杉に雨霧吹きて枝移る見ゆ

百段の石階険しき参道を神馬は一気に駆け上りたり

集落の七つのありてそれぞれに芸妓の逸る山車の繰り込む

六十五歳の年のめぐりに金砂山祭礼に遇ふもわが充足のうち

その神をいざなふために笛太鼓鳴らす祭壇上に百余人載る

山間の妻の里なる祭礼に振舞ふ蕎麦を腹満たし食ふ

妹

みちのくの広野の峡に嫁ぎたる妹肢体の不自由にゐる

窓ひとつの範囲の外界見るのみの自宅療養の妹あはれ

いくばくか寒くなりつつ山峡の夜叉五倍子《やしやぶし》の実は未だ青しも

あまりにも病の多き妹になぐさめもなく帰らんとする

妹の住む山並に大方の松枯れ白く見えてむなしも

月毎の墓の掃除に残し置きし鶏頭四本赤々と生ふ

手術後の生死の界に陥りし妹の顔が照明に見ゆ

公園の広きにあまた石楠花の花芽の立ちておほよそ白し

滝桜

千年を経つる三春の滝桜洞もつ幹は巌のごとし

春光を透す花水木の花の群れ白の清しくひと日を送る

神職の父が御札を刷りをりし版木年経てわれに戻り来

わが父を神としゐたる集落の安泰たりしを媼ら明かす

悼志満先生

先生の冥福祈り香を焚く憚るともなく祖の仏壇に

師を悼む思ひに一入《ひとしほ》忌中酒のワインを供へこの夕こもる

先生の逝きましことの信じがたく月経つつけふ偲ぶ会とぞ

先生の偲ぶ会なるけふ待ちて朝明の一番列車にて発つ

志満先生の偲ぶ会にてはからずも皇后陛下の尊顔拝す

白子漁

五浦の断崖に咲く山百合の花ひしめきて海へなだるる

大洗の湾内に百の船走る白子の大漁競ひゐる見ゆ

久慈川の緑に生ひつぐ竹群は六十年経て黄の花の咲く

先生の生誕百年となりしけふ砂取の歌碑にわが来てまみゆ

砂取の海岸道に並みて生ふ常盤芒の白き穂の輝る

犬吠埼の展望台より見晴るかす周囲の海の膨れて円し

屛風ヶ浦の断崖海に突き出でて午の日あまねくその岩白し

男鹿半島

金剛童子祀る御堂の格子窓朝の日透かし仄かに明し

無住なる御堂の中に板彫りの一万の仏張りめぐらしぬ

入道崎の石礫のうへ暑き日の反照あびて昼顔の咲く

なまはげの蓑着る神の使者にして激しく舞ふに蓑は風切る

寒風山にわが立ち見れば夏の靄に鳥海山の遥かに見ゆる

寒風山の草生の上を岩つばめ絶えず飛び交ふ秋の日のなか

男鹿の宿の塩気を帯ぶる熱き湯に浸りてけふの疲れを癒す

往く道の狭きに赤麻の群れて生ふるをりをり見つつ師の歌碑めざす

太平湖見下す丘に師の歌碑は泰然と立つ松が木の下

水浅き湖底の石に魚の影顕つまで午の日差しの強し

ダム湖にて寸断されし橋脚がかつての軌道を残して朽ちる

八幡平

大湯沼広く乾きてクレーターとなりて泥噴く音絶え間なし

泥の香を纏《まと》ふわが躰を癒さんと臥床に咽せつつ一夜を過ごす

火山帯を廻りゐるときだしぬけに熊笹打ちて雨の降り来つ

泥火山のあまたも噴ける所にて忍び寄るごと青草の生ふ

山道のなだりに蕨の葉の群は木洩日うけてゆく手明るし

吾妻山の砂礫にひしめく御蓼の花薄黄にて勢ひて咲く

吾妻小富士の深き火口は夏草の生ひて晴れ間に青あざやけし

筑波山

四十年経て登り来つ筑波山乱りに鉄塔立ちゐて淋し

女体山の頂に来て男体山の勇ましき姿神々しく見ゆ

北浦の沼の細波この夕べ片辺に移る黒影ひきて

晩夏の日照りてまばゆき境内に牛久大佛大らかに立つ

大空にそびゆる大佛見上げゐて雲の移りに目眩ふひととき

予科練

「若鷲の歌」をハーモニカにてさびしくも雄翔館に聞きゐてむなし

寂しとも悲しとも聞く予科練の出陣たるを語るその声

大戦にて所持せし時計の三時半指し止まれるを展示に見入る

土浦海軍予科練生の記念館記録のあまたを胸痛く見つ

戦車体のキャタピラに組みし黒きゴム炭化進みて固くしありき

鼻治療

一箇月に四度の鼻の出血のありて体の乱れきはまる

口からの呼吸に喘ぐ一箇月鼻口のガーゼ固く締まれる

夜更けて耳鼻科の病院決まらずにわが救急車発つすべのなし

鼻孔内の動脈手術に脳血栓起これることも医者の言ひ切る

血管に造影剤を入れしのち昼夜頭痛の烈しくゐたり

熊野古道

速玉の神宮の森夕つ日に陰りて暗し舟より見れば

熊野路の野中の清水湧くところ茂吉の歌碑をはからずも見つ

大岩を根にて抱へる樟ひと木枝繁茂して青苔被ふ

たうたうと噴き出づる水を柄杓にて腹冷ゆるまで飲みたるわれは

杉山のふかきに入れば著莪の葉が秋の日に照る光をのべて

古りし木のこもれる下に祓所王子の碑は昼ながら日の陰帯びる

杉山のふかきを越えてここに見ゆ果無山脈遠きしづけさ

熊野路をゆく道の辺にてらてらと小羊歯は林となりて闌けゐる

この宮の使ひと伝ふる八咫烏《やたがらす》の幟を仰ぎてわが詣で立つ

百間ぐらの山頂に来て遥かにもつづく山々の陰影ふかし

湯煙の立つ川ながら浅瀬には鮠《はや》の群しをとき長く見つ

熊野川の中洲の岩のをちこちに糸辣韮《いとらつきよう》の赤き花咲く

くまの川の蛇行にかかる高き山鳶おおらかに声なく翔べり

熊野川の広き石原日に乾き水ほそりつつ流るはさみし

那智神社の境内の樟八百年洞中にわが身縮めて入る

縁ありて五度訪ひ来つ師の歌碑を青岸渡寺の庭に見て立つ

あまづたふ師の声ときく滝の音青岸渡寺の歌碑前にして

平成二十二年

トルコ

イスタンブールの宿にて見ゆる満月の淡き光にかかる寂しさ

ボスポラス海峡の潮目幾筋も立つ陰の見ゆ朝早きより

エーゲ海に夕日沈める渚にて手に余るほど貝殻拾ふ

聖母マリアの家とふところエフエソスの丘に煉瓦の屋根赤く見ゆ

アルテミス神殿遺跡の石柱の上にこふのとり雛をまもれる

エスエスの廃墟の道に目の青き猫のをりしをわれは怪しむ

エーゲ海を望む高台のトプカプの宮殿ここに暑さを凌ぐ

イスラムの分厚き教典陳列のパピルスに文字色さびて見ゆ

丈高く蘇の花の咲く見ればトルコに憩ひて妻の喜ぶ

広々と丘につづけるトロイの遺跡永久の都の礎石しづけし

太古の地の瓦礫のなかに黄に熟るる無花果あれば妻の駆け寄る

円形の古代劇場のエフエソスの石の座列は日に灼け熱し

いづこにも咲きゐるウルププ紫の花をかかげて暑き日に照る

東連地

東連地に土着してより四百年叔父の庭辺に椿の太る

正月の二日の夢に父の顕つわれに諭しのことばなく消ゆ

砂嵐の苦難に植樹せし松は百三十年経て深く茂れる

中学生の孫はからずもサッカーの選手となりて韓国へ発つ

隧道を登りて来ればだしぬけに轟く滝を目の前に見つ

わが庭に百本の木のありぬべし炎暑の夕べ水ふかく撒く

梅の木の徒長枝切りにし為なるか花満ちながら実のひとつなし

龍泉洞

龍泉洞の師の歌碑立ちて十四年除幕の日のまま碑の面が輝る

時を越え洞より流るる激つ水師の歌碑にまで谺の及ぶ

いにしへゆ清く流るる洞の水岩群れの苔青ふかぶかし

つぎつぎと思春期に斷る孫五人言葉少なくわが家にゐつ

大腸検査

大腸の検査を明日に朝の粥昼の粥にて早々と済む

大腸の検査受けんと早床に入りてしまらく眠りをぞ待つ

けふひと日食の摂生守るべし大腸検査に支障思へば

二リットルの水の薬を短時間に飲み干すことに心を留める

挿入のカメラは腸の中にして回しまはしてああ目眩めく

診断のフイルムわれに見せながら切迫感の無き医師の顔

金環蝕

日蝕の始まりすでに外景はほの暗くなり冷えし風吹く

刻々と日蝕すすむ朝つ方雲を透かしてくきやかに見ゆ

朝庭にわが出でて待つ蝕すすみ今し金環日蝕となる

金環の日蝕に遭ひてわが脳の神経ずれて朦朧とゐつ

朝方の車の動きありにしが日蝕きはまり村のしづまる

太陽の陰のもどりし今ながら冷えたるままに半日過ごす

月に掛かる土星の光陰しげしげとわが見届けり夜半の庭にて

平成二十三年

東日本大震災

ずんずんと地震の前の地鳴りしてそれより甚だ強く揺れたつ

昼夜なく起こる地震の強震にわれ手だてなくひたすら怯ゆ

震災に遭ひて自動車に寝起きしつつ月の光を身に受けて立つ

天の神知の神崇めてゐながらに仏壇神器の崩壊に遇ふ

生活道路主要道路の陥没の幾所越え嫁家にしゆく

時きらず地震のつづく幾日かわが家全体罹災の多し

天候のくづれに早も風吹きて一夜の荒ぶ音に眠れず

陸前の市街も港も大津波に遇ひ惑ひたる友をかなしむ

放射性物質拡散のその予測おほよそ日本全土に及ぶ

息つめて震災の放映を見て来たり庭にしづけく雪柳咲く

明け二時に地震大きく起こりしに権現山の鴉啼きたつ

真崎なるここの田にまで津波入り塩害恐れて耕作をせず

原子力発電所への大津波十四メートルを超えて破壊す

大地震を機として寡黙の息子との会話のあるを良しとし思ふ

地震にて夕餉とる部屋失ひて子らとてんでに食事を済ます

原子炉の入る建屋の煙立ちて十三日目なほ黒煙上る

原発のメルトダウンの三基とぞ人ら知らずに七十五日過ぐ

子の回忌執れる御堂の屋根瓦地震に甚しく崩れ落ちゐる

笠間までゆく道みちの煙草畑あはれ放射能あびてゐしとぞ

日に幾度地震起きつつ艶やかに泰山木の花の咲きゆく

みずからの移動かなはぬ病もつ妹が原発の避難にあへぐ

節電に協力せんと店内の照明半減と成して商ふ

この年の暑さきびしき八月八日朝より先師をしのびてすごす

震災に遇ひし家並の粉塵をまとふ靴跡客残しゆく

線量に騒ぐ猪肉《しし》持ちて来し兄を疎まず物を怖ず食む

神器

つつがなく来つ正月を迎へんと神器のいくつ心して磨く

朝あさの礼拝に妻は笏を持つ父が遺しし神器のひとつ

父の世の神器を受け継ぎ五十年われつつがなくひと日磨けり

熱暑の日の道の片辺に群れて咲く狐の剃刀赤黄に冴える

少子化と言ふわが村に小学校中学校の新築さるる

菓子の店興さんとして喘ぐさま七十のわれ朝夢に見つ

濡石を詠みたる歌碑立ち五周年ここ砂山に浄くしづまる

桜祭り

桜祭りの共催にしてテント張る店にてひと日団子焼きをり

桜祭りの協賛なりて灯籠のわが店名が電灯に映ゆ

ひと日おきに寒暖の差のいちじるしきのふ夏の日今朝は雪ふる

山峡の田川に今年の蛙啼く幼き声の細々きこゆ

それぞれの思ひ積み来て五十年悔いのひとつに亡くしし子おもふ

菓子業の仲の夫人らと集まりて今宵よくよく酒仙となれる

送り来し酢橘を切りて酒に浮かし遠きともがら懐かしみ飲む

塩屋崎

阿武隈の山並この夕ばうばうと見ゆる柴崎の宿に憩へる

海洋を昇りし朝日は直線にわが部屋内にとどきて熱し

塩屋崎にわが登りゆく木々のなか栴の実を付く茎は赤らむ

草木々に絡みてしげる鬼野老淡黄の小花密にして咲く

時化の海の岩に砕ける波しぶき恐れつつ見ゆ窓近くゐて

海原はすでに暗闇となりゐつつ夜目にも波は白々と見ゆ

とめどなく逆巻く波は岩を打つときをり重く窓に響ける

金瓶

やうやくに暑き日となり空を突く木槿の花は枝こめて咲く

上山茂吉館にて思ほえず健やけき日の録音を聞く

金瓶の田の畔来ればまれにして稲花どきにてその花匂ふ

アララギの大木は茂吉の墓所しげりて暑き日中に立てり

宝仙寺の門道来れば椿の実赤々熟れて日の光もつ

金瓶の田川に魚の棲まずとふ堀の小石は金家気を帯ぶる

往く道の片辺に茂る山桑の香に親しみてそぞろに歩く

蔵王連山

今しゆく蔵王連山に夏霞かかりさだかに見えず

蔵王への道の湿地に群れ生ふる金光草の黄の花明し

蔵王山の噴火口なる底ひには水青々と夏の日に照る

火口湖の水にいくたび雲の陰移りゆく見ゆ崖ふちにゐて

蔵王峰に霧吹きたちてとどめなし八月二日わが寒くゐる

菓子業

猛暑日のつづきて菓子の売れざるを言葉に出さず凌ぎゆかんか

熱暑日を受けて菓子買ふ人来れば神を迎ふるごとくに思ふ

子の支給ボーナス二箇月遅れしは夏の菓子業の苦のひとつなり

東海の甘藷の菓子を作るさま強き投影にわが熱くゐる

たびたびもラジオテレビの放送に菓子にかかはる語《かたり》わがする

かつてなき事にてありぬすすき穂の出ずして月見に供ふにも欠く

暑き日に傷みてつはぶき茎の減り散々としてその葉小さし

芳恩《はうおん》のかぎりに受けし褒状を食品衛生の式にわが立つ

食品に係る人の褒状式参加者五百人の中の一人ぞ

銀座

高層の建物の間にさ迷ひの最中《さなか》忙しく電車は走る

わが歌集の出版祝に招かれて東京銀座に畏み来たり

地下鉄の階長々と登り出で新橋界隈の燈火まばゆし

銀座とふ街は路上に電線の見ることのなく空晴ればれし

電飾のあざやかにして広き街足元かるく銀座を歩く

おもほえず銀座の酒店にあない受け恐れ入りつつ膳にわが着く

初めての銀座の酒店に酔ひふかく襤褸のごとくに足おぼつかな

皆既月蝕

皆既月蝕ひかへて群雲移るなか淡き満月浮くごとく見ゆ

蝕尽に入りて赤黒き球体を恐れて見入る夜半の過ぎつつ

四十年菓子売る店の「お福さん」の人形置きて妻の似て来つ

凍蒟蒻

山峡の田に敷く藁のまだら雪残れる上に蒟蒻並ぶ

朝の田に拡げ干したる凍蒟蒻老のあるじはいそしみゐたり

山峡の空青あをと晴れながら底冷しつつ蒟蒻乾く

氷花

久慈川の岸を離れて流れ来る氷花《しが》はつらねて日に耀へる

川幅の一面氷花の移りゆく午後の日照りて千々とかがよふ

百二十米高きをなせる滝にして結氷みづから岩をつつめり

冬山の隙《すき》より流るる袋田の滝ことごとく結氷となる

結氷の厚くし垂るる処より青の顕つまで朝の日は照る

ペースメーカー

十六年わが身に付けしペースメーカー医師三人がてこずり外す

病院の一膳に出る熱量は四百なりとききて食採る

病院の一食膳に配られしその量にして腹くちくなる

ペースメーカー入れて間のなきベッドにて茂吉を話すラヂオきき入る

手の痺れ腕のしびれは不治と言ふ残年おもへばおろそかならず

すすき穂

旧年のすすき穂いくばくほほけつつさながら朝の日の光たつ

夜の明けは家並の側壁白ければそこよりけふの日の照り初めぬ

この冬の疾風に吹き飛ぶ鈴懸の葉は音たてて店の前過ぐ

富士霊園

墓参りに行くに心の逸るなか夜半に目覚めて眠り難しも

墓石に添ひて置かるる籠の花五十人の友焼香に立つ

先生の墓碑前砂の上直に香焚き列ねす人らにならひ

携へて来し供菓など師の墓にそなふることの許しをたまふ

雨靄ふ空にて富士の見えねども御夫妻の墓つつましく立つ

山峡のいよいよ狭くなるところ洒水《しやすい》の滝の水こだまする

神仏を祀る峡ゆく処より湧く水ありて咎めなく飲む

木々ふかき沢の辺にして黄の果実柳苺《やなぎいちご》の密に熟れゐる

エジプト

王家の谷に六十越ゆる洞窟のありてそれぞれ壁画模しあり

岩山のおびただしきに王家の谷ツタンカーメンの墓洞深し

王家の井戸の深くて暗き底ひにて三千年経し水をわが見つ

王家の谷洞を出で立つわれ直に差す太陽に眼の痛し

一山の赤らむ岩のアブシンベル神殿ラメスに暑き日の差す

広びろしきナセル湖のうへ夕空を雁のつらねて乱れなく飛ぶ

四千五百年前に築きしピラミッド玄室へ の階寒くし下る

死者生者の境を越えてピラミッドの中の暗きは遠き世につづく

延々とつづく砂漠に巨大なるピラミッド三基朝の日浴ぶる

スフィンクスの人面像は巨大なる石に彫られて崩るるが見ゆ

神殿のここにやうやく木立あり日を避けながら時を費やす

ナイル川の源流なれるヴィクトリア湖七千キロを流れてとどく

リビア砂漠

リビア砂漠わがゆくバスの先導に護衛のつきてひと日過ぎたり

リビア砂漠に八十基越ゆるピラミッド在りしが大方崩えてしづまる

リビア砂漠の広大にしてわがゆく手に蜃気楼立ち海のごと見ゆ

砂漠にて荒く顕ちゐる風紋をわれは飽かずにバスに見てゆく

赤帯ぶる石にて築きしピラミッドこの夕さらに色の増し見ゆ

岩山を背後と築きし葬祭殿おづおづとして中にわが入る

ハトシェプスト葬祭殿の石柱に古代絵文字が密に彫らるる

パピルスの紙にし書きて五千年アラビアの文字ギリシアの文字

リビア砂漠の果てにて今し朝の日の立ち昇れるを妻とわが待つ

夜行列車

カイロへの夜行列車に乗り込みて十四時間の眠りは浅し

単線にあらんか夜行の駅ごとに眠りの覚めて軋む音きく

ばうばうと夜の明け来れば椰子林の尽くるとなきを列車に見遣る

カイロ

火焰樹の繁るカイロの街の中砂漠のごとし葉は砂被る

現役に最古なるとぞ路面電車カイロの人混む中を走れる

街中を荷を積む驢馬を走らするギザの雑踏にわれ憩ひなし

街中の人混みのなかフラスコを通して水煙草を古老ら吸へり

首都カイロの街並砂の吹き溜るいたく汚れるままにて暮らす

夕餉どきのわが前にして鳴物に合はせて踊るベリーダンスを

朝まだきホテルに聞きしコーランの祈りの声は街よりひびく

イスラムの寺院に祀る物は無し信徒らのみが跪き祈る

夾竹桃の花咲きゐつつ重々と土に汚れてその色はなし

三食に三度付きくるモロヘイヤのスープをわれは飽かず飲みたり

常夏の国にありしが乾期にて火焔樹の莢実《さやみ》乾きて黒し

乾期にて花のみ残るブーゲンビリア砂の街にて花につやなし

カイロ市内廻りゐながら昨日ゆきしピラミッド三基ありありと見ゆ

カイロタワー市街の中にそびえ立つけふ来てうつつわが登りたり

塔上ゆ朝の日浴ぶるピラミッド見えて人らがさはがしくゐる

神殿

ホルス神殿の中庭に敷く大理石日に灼けをりて眼の乾く

神殿を造るに奴隷をあまたとり如何なるゆゑに腕を捥ぎ取る

片腕を捥ぎて獣に喰はせしをこの世ともなく壁画見て立つ

獅子の餌にするゆゑに片腕を取られる様を息のみて見つ

紀元前の石切場なる一山に登りて香のなき岩の間歩く

伐りかけの石切場とぞオベリスク千二百トンの石割かれあり

蚕豆のコロッケなるをめづらしむ旅の昼餉に人らと食ぶる

エジプトの地区を限りてアルコールを出さぬ夕餉の早くし終る

ナイル川

時をりに一塊となる布袋草ナイルの川にゆるく流るる

ナイル川にダムを設けし堰堤をわが乗るバスは直に走れる

ナイル川の丘陵に立つイシス神殿空突くごとく大らかにあり

ナイル川のアスワンダムの発電所巨大設備に音ひとつなし

日の入りの近きナイルの広き川帆掛け舟にて夕飯に渡る

ナイル川の中洲の飯店に渡り来てルビアンカクテルつくづくと飲む

いくばくもなき草に飛ぶ黄の蝶をあはれ見て立つ砂漠にありて

花終へし畑中に置く蜜蜂の巣箱を見つつギザを過ぎゆく

ナセル湖

朝の日はナセル湖先に昇るとぞいちづに待ちをり旅来しわれは

ナセル湖の対岸に日の漸やふとのぼりて水の反照とどく

ナセル湖の深き紺青に午後の日の照りてひら凪ぐ岸辺を歩く

アラスカ

竹とんぼ興じ遊びし少年がアラスカ行の飛行機に乗る

アンカレッジ行の飛行機の二百人乗り込みしのち不具合に遭ふ

飛行機を代替へ来してアンカレッジに二十人たりの荷物届かず

機窓より遠く見晴るかすわが地球メルトダウンの福島おもふ

アンカレッジの夜明けの汽笛太々と鳴りてしばらくわが部屋に聞く

アラスカの日中にも起こるオーロラは二百七十日ありしときける

アラスカの大地往来に耕作のひと畑も無きをひたに淋しむ

アラスカの夕べに昇る満月を心置きなく妻と見て立つ

アラスカの秋の日長に夜の九時明るさ残る街中歩む

氷河

氷河にてありし大河の岩荒く冬枯れの草丈ひくく生ふ

迫り出でし氷河先端の崩落を船上にゐてわがうつつ見つ

氷河より今し氷塊崩落の海面打つ音にぶくひびけり

氷河より海に崩れし氷塊はけがれなきまで青すがすがし

わが船のゆくをりをりに海獺らの海面出でて背泳ぐが見ゆ

レイクシナード湖畔に生ふる七竈秋深まりて実のつややけし

夕つ日が波なき湖面を直線となりて届けば顔の熱れる

湖と運河ともつかぬ濁る水充ちて音なく夕べ暮れゆく

蝦夷松に混じり白樺黄葉の目醒めるまでに輝き迫る

アラスカの全土に及ぶ河川みな白泥色の水の流るる

氷河期のなごりとどむる山々は襞割れ深く幾筋も見ゆ

デナリ公園

列車内の昼餉に出でし大きパンひとつのみにて腹の充ちたり

アラスカの鉄道列車にひと日乗り深き山越えデナリ－に着く

草叢のひとところにて筒花のスナップドラゴン黄に咲きみつる

往く道の片辺に一本の姫りんご枝たわむまで密にして成る

遡上終へし紅鮭一匹アラスカの小川の水に気失せて泳ぐ

地震にて水没したる森林は沼となりゐて幹の枯れ立つ

朝まだきデナリ公園の丘陵に棚引く靄は移るともなし

テクニクの広き河原は朝靄の沈む中より水こだまする

デナリ公園の広き河原に北狐の親子十頭連れ立ちゆけり

狼を恐れて山の頂にシロイワ羊の棲めるはあはれ

わがバスの近くまで来て親子熊むつましく道を渡りゆきたり

雷鳥の足より冬毛となりにつつデナリの下枝に二三羽過る

コヨーテの黄褐色の毛生えして冬木の斜面登るを見遣る

十五夜の月見団子に忙しかる子らを思ひつつ宿りてゐたり

マッキンリーの嶺にいくばく雲ありて神々しくも雪被く見ゆ

デナリ―の連山の中マッキンリー山の全容夕つ日に輝る

丈低き紅葉の林掻き分けて篦鹿《へらじか》一頭道を過りぬ

機窓より満天の星見えゐつつわが身の下にもその星つづく

明け遣らぬ空にしあれど機の前の成層圏のなかの明るむ

平成二十四年

フマユーン廟

幼少の頃に歌ひし揚げ雲雀その天竺にけふわれの来つ

紀元前に栄え廃墟のドウグルク城郭上に月かがやける

赤き岩を高く築きしデリー城冬日照るなか身の軽くゆく

赤き石五層に積みて聳え立つクトウブミナールを妻と見上げる

広大なる庭にそばだつフマユーン廟まるき石屋根に強き日の照る

フマユーン廟も石棺その四囲の台座に母子のひつぎ置かるる

フマユーン廟王の石棺を柵に囲ひ固く護られ人らを寄せず

タージ・マハル

日に幾度マトンの肉の品々が卓に並べば旅ごこちする

背面に縦縞のある猪《しし》いくつ街中にゐて塵あさりをり

インド国の州を越ゆるにいくたびも道路使用の金を支払ふ

タージ・マハル遠く見上げるこの朝明樹上に鴉しきりに啼ける

冬晴のタージ・マハルの霊廟の白き大理石朝の日に輝る

ムガル帝国五代の妻の死を悼みタージ・マハルの建立となる

タージ・マハルの丘より見放くるヤムナー川広き流れに水ひかりなし

サルナートに釈迦は初めて経説をせしとふ堂を妻とめぐれる

ガンジス河

ベナレスの街の混み合ふ半日を力車に乗りてわが旅しゆく

ガンジスの河に手漕ぎの舟にゐてときをり櫂がふな底を打つ

蠟燭を灯す匂ひと油の臭ひ灯籠流しの川の面に顕つ

ガンジスの河の舟より中天の空にかかれる銀河雲見ゆ

あまたなる旅の人らと舟に乗り火葬祭祀を慎ましく見る

川縁《かはぶち》に火葬の火柱の三十が舟より見えて人ら寡黙す

ヒンドゥ教の僧の祈りは高らかに鳴り物交へて舟までひびく

夕暮のガンジス河への街中をわが乗る力車直《ひた》に漕がるる

夕暗くなりて火葬の火柱が河岸連ね見えるもむなし

火の勢ひ薄れて煙の立つところ其所此所見つつわが舟帰る

火葬のため雑木の幹を断ち切りてあまた積まるる焼場近くし

ガンジスの河面に朝の日照り映えてわが顔までも温みのとどく

ガンジスの河畔に人ら向き向きに朝早くより濯ぎ物する

ガンジスの河に遺灰の流さるるその水中に禊をしをり

この河に沐浴すればことごとの罪の浄めとなりとしきける

ガンジスの河の朝明けの寒きなか沐浴の人らいちづなりけり

ヒマラヤを水源としてガンジス河四千キロの流れの穏し

燼　灰

昨夜の火の治まりし朝ガンジスの河辺の火葬場に縁者ら在らず

火葬場の残りの火にて暖をとる朝早くより子ら集まりて
火葬場の燼灰のなか地の人ら棒にて物を探し出しゐる
いくつもの燼灰跡のあらはにて焼野のごとく平らかにあり

物乞ひ

旅しゆく道みちにゐる物乞ひはわれに迫りて道を譲らず

旅の人と知ればば幼子妻のこと綺麗きれいと物売り縋る

ベナレスの市街の側道に綴《つづ》れ衣かむりて老ら夕早く寝る

マンゴーの木の枝々に黄緑の花の咲きゐるベナレスをゆく

アグラ

合歓木の枝に満ち咲く朱清しアグラの街は冬さなかにて

水牛の糞を平たく手に纏《まと》め並べ乾しつつ媼働く

牛の糞干して燃料屋根材と成せるアグラの町を見て過ぐ

歯磨きの木の葉の茂る街中を妻伴ひてひと日旅する

歯磨きの楊枝なるもの切り揃へ媼は路傍につましく売れる

地の上に今し赤々朝の日の昇るいとまをアグラに見をり

ナフル川の近き家庭に招かれてサモサの甘き菓子を戴く

デリー

肉を食ぶる国ならずして死し獣放置しことを当然とせし

牛の死骸を犬や鴉に喰はること天に還ると人ら疎まず

幾頭も道の際にて死し牛が皮を剝ぎ取り喰ふ犬を待つ

猪と犬豚も交へて野放しのデリー街なか塵芥漁る

朝夕の寒くしあれど街中にブーゲンビリア赤々と咲く

アンベール

アンベールの城天井に円鏡の無数塡め込む下をし歩く

日時計にわが持つ時計を対比しにいささかの刻も今に違はぬ

ハワ・マルル五階建にて百五十の室に王妃と後宮住みき

百五十の窓をしつらへて王妃らは人目をさけて街望みしときく

ミトウナの男女交合石像は神の化身と崇め祀れる

マハーデアの寺の石壁の浮彫にをうなをとこの恍惚見入る

ミトウナの彫像あまた今にしも動けるごとく壁面に顕つ

善悪を持たぬミトウナの神聖のをうなをとこの帰依するところ
人間の生のよろこびあるがまま形に彫るをわれは諾ふ
イスラムの侵攻によりミトウナの彫物甚く顔の削がれる
アショクとふ大木の枝葉を滑るごと野生の鸚哥いくつも飛べる

カジラホ

カジラホの寺院の庭の芝のうへ黒歌鳥の鳴きつつ移る

市街にて塵芥を漁る牛犬のあまたのをりてこころ許なし

水牛の幾頭街の中あるく餌となるものはひとつだになし

船越の街

大太鼓打つ音きけば如何なるかわが感涙は胸にしひびく

生涯を働きつとめしその資産大津波にてなべて失せしとふ

山田町なべてが津波に消え失せて残る基礎石に腰置くかなし

うつつ世と思へぬまでの去年の津波友の船越の街ひとつ消ゆ

集落のなべて津波に流失し家の跡地に宵待の咲く

陸中の海岸襲ひし津波にてわが往く三日宿なく過ごす

奇抜なる夕焼け立ちし翌日に東日本震災起きき

わが友のホテルは地震に湯の断たれ休業なるを貼り紙に見つ

海嘯に甚く呑まれし船越の友より賜る魹ケ崎若布

天象の故にてあらん地震後の冬の柏木に葉のひとつなし

大津波の後の不明者四千人一年忌のけふテレビに見入る

原子炉のメルトダウンに一千万ベクレルの放射能一年にして漏る

放射能の汚染の海に漁ならず婿はからずも胃潰瘍となる

朝より砥の色雲に圧されつつ御霊おこしの花火をぞ待つ

厄日

夢なかにむごく追ひ掛けされし朝両太股の痛みの生ず

生日は厄日と父に聞きにけり夢覚めて痛む両の太股

隣屋の巣よりつばめの幼鳥のあまた飛び交ひ遠くへゆかず

姫椿

春たけて庭の雲柳日に輝りて花きはまれば音あるごとし

やうやくに庭の姫椿咲きたるに遅霜降りて花の色褪す

年ごとに庭に咲きたる翁草地震を過ぎていつより失せし

ひすがらに風立ち梅の枝の花無慚に散りしを夕べかなしむ

何かにと変れる世事に惑ふるか山鳩ゐしが啼くことのなし

冬ひでりつづきて椿の花咲かず蕾のあまたも固く色褪す

かつてなき寒さに三箇月遅れ咲く梅の花にも勢ひのなし

四十年見馴れし宅地が校庭と成りゆく日々を目に追ひて見る

春の葉によみがへりたる柊南天黄の花房のあらはに見ゆる

石槌の銘酒を旅のみやげとぞ君の賜物胃にやはらかし

墓碑の文字

佐太郎先生自ら書きし佐藤家の墓碑の太文字晴れて日に照る

三十三の歳に書かれし墓碑の文字恐れがましくわが手に当つる

朝靄のふかきが晴れし平潟の先生父母の墓に詣でつ

墓に布く砂に混じれる貝殻は海平潟のゆゑにしあらん

墓に添ふ槙の高木に山藤の花咲きにほふ日に光りつつ

阿武隈の山地の向うに朝の雷臥所にゐつつ高からずきく

炎暑の日つづきをりしが朝の雷鳴りつつ雨の音たててふる

歌碑

ひと冬の松の枯葉を踏みながら師の歌碑の立つ傍に来つ

昨夜の雨のなごりの海を吹く風が松の林を越えてひびける

歌碑の立つ砂丘原に捩摺の花明らけくあまた咲きをり

この夕べ墓に詣でし近山に蜩の鳴きみんみんの鳴く

歌碑立ちて六周年を祝ふ日ぞ碑濡るる昨夜の雨にて

歌碑ちかく立つ東屋に吹き寄りし松葉を掃けるつゆの間に来て

村松の砂丘歩みてゆく友のその足音さへも貴く聞こゆ

あとがき

この歌集『神鏡』は平成十九年から平成二十四年までの歌を纏めたものです。『鎮魂抄』に次ぐ第六集となります。

昭和四十二年、茨城県東海村に和菓子製造販売玉喜屋菓子舗を妻いしと共に開店しました。創業五十五年目を節目に、玉喜屋菓子舗を息子甲子郎に承継。それを節目とする思いに駆り立てられて歌集にした次第です。

この歌集の刊行にあたりまして、波克彦先生に相談しましたところ、快くお引き受けいただきました。波克彦先生は令和六年十月一日山形県上山市にある、斎藤茂吉記念館の館長に就任されました。心よりお祝い申し上げます。そんなご多忙の中、歌稿の選歌その他全般にわたり高配戴きました。厚くお礼申し上げます。また『神鏡』の歌集名を賜り、さらに帯文まで戴きました事深く感謝申し上げます。

出版にあたりお世話になりました時潮社の相良智毅様には細部までの御計らいを戴きました事に改めて感謝申し上げます。

令和七年春

猿田　彦太郎

著者経歴

猿田　彦太郎（さるた ひこたろう）

昭和十八年東京都台東区大島町生まれ。

昭和五十一年歩道短歌会入会、平成二十年第一歌集『東海』、平成二十四年第二歌集『村松』、平成二十六年第三歌集『氷花』、平成二十八年第四歌集『還暦前後』、令和元年第五歌集『鎮魂抄』刊行。

日本歌人クラブ会員、茨城県歌人協会会員、茨城歌人。

日本歌人クラブ第三十五回全日本短歌大会毎日新聞社賞受賞（平成二十六年九月）、日本歌人クラブ北関東ブロック優良歌集賞『還暦前後』（平成二十九年九月）。

神　鏡　歩道叢書

2025年３月31日　第１版第１刷　定価＝2,500円＋税

著　者　猿田　彦太郎 ©
〒319-1108　茨城県那珂郡東海村村松北１－２－22
発行人　相良智毅
発行所　㈲時潮社
〒175-0081 東京都板橋区新河岸１-18-３
電 話（03）6906-8591
FAX（03）6906-8592
郵便振替　00190-7-741179　時潮社
URL https://www.jichosha.jp
E-mail kikaku@jichosha.jp

印刷所　恵友印刷　製本所　仲佐製本

乱丁本・落丁本はお取り替えします。

ISBN978-4-7888-0775-4